Anton Bruckner
Le ménestrel de Dieu

Marc Hueber

Anton Bruckner
Le ménestrel de Dieu
Essai

LE LYS BLEU
ÉDITIONS

ISBN : 979-10-377-8276-2

Préface

Il s'adresse aux mélomanes adeptes des œuvres symphoniques de Bruckner.

Pour écouter une symphonie de Bruckner, il faut connaître la vie de son auteur, car sa vie est conditionnée par la foi inébranlable qui émane de cet être sensible et dévoué.

Après avoir pris en compte le déroulement de sa vie, on peut écouter une symphonie en procédant par étapes, sachant que chaque œuvre symphonique correspond à une période heureuse ou difficile de sa vie.

La longueur de ces œuvres peut rebuter chacun de nous, mais leurs mouvements sont rendus interminables par le simple fait, pour Bruckner, de pouvoir développer chacune de ses idées et les mettre en valeur dans un contexte à la fois serein et puissant.

Enfin, une symphonie d'Anton Bruckner s'écoute dans le calme le plus absolu, avec en mémoire le détail de l'œuvre que le mélomane aura pris le temps de détailler auparavant.

Entendre une œuvre de Bruckner n'est pas une simple écoute, mais une immersion dans le monde particulier du compositeur où la notion de temps n'a plus aucune prise.

Mon texte doit permettre à chacun de connaître la vie et l'œuvre, mais sans donner trop de détails ; une analyse précise, mais concise, me paraît suffisante.

Quant aux symphonies, des détails techniques pour la compréhension du discours brucknérien me semblent nécessaires.

Bruckner et son temps

Anton Bruckner est un musicien égaré au dix-neuvième siècle.

Sa musique aurait pu être composée au début du dix-neuvième siècle, avec un certain Franz Schubert, ou au début du vingtième siècle, avec un certain Igor Stravinski, voire à la fin du vingtième, avec un certain Dimitri Chostakovitch.

En effet, le scherzo de sa deuxième symphonie ressemble par sa structure et sa thématique au scherzo de la Grande de Schubert. Le martèlement du scherzo de la neuvième est comparable au final du Sacre du printemps de Stravinski. Quant au premier mouvement de la huitième, on trouve des analogies avec le final de la quinzième de Chostakovitch.

Il faut savoir qu'Anton Bruckner a écrit sa deuxième symphonie en 1872, et la Grande de Schubert date de1825 ; une cinquantaine d'années séparent ces deux œuvres. Bruckner écrivit sa huitième en 1884 et Chostakovitch, sa quinzième, en 1972 ; près de cent ans séparent ces deux symphonies.

Bruckner a poussé les limites de la tonalité dans ses dernières œuvres. Tout comme Chostakovitch, qui est resté aux portes de l'atonalité jusque dans ses dernières compositions.

Bruckner a fait usage du thème cyclique dans ses symphonies ; hérité de son illustre ancêtre, Schubert.

Voilà pourquoi l'on peut dire, après avoir analysé les œuvres citées, qu'Anton Bruckner est un musicien hors de son temps.

Il est si difficile de le situer dans un contexte musical.

Nous pouvons toujours dire : ces œuvres sont le reflet de son siècle ; mais cela est totalement inexact.

Il a voulu se situer dans un esprit de moraliste ; la preuve en est le contenu émotionnel et spirituel de ses messes, et surtout de ses symphonies, notamment à partir de la cinquième.

Bruckner est un mystique au sens noble du terme.

Le génie de Bruckner, en vérité, n'a rien à voir avec les dogmes enseignés, mais constitue un culte. Or un culte, dans sa conception antique, est une manifestation de respect et d'humilité.

Même si son art prend sa source dans les joies et les peines, l'œuvre du musicien transcende toute gaieté et toute souffrance ; elle offre, en définitive, une vision de l'éternité pour le croyant qu'est Anton Bruckner.

La vie du compositeur

Cette forêt de Haute-Autriche est riche en souvenir de l'époque romantique.

Le voyageur arrivant à Sain-Florian se trouve en présence d'un monument aux proportions gigantesques : l'abbaye de Saint-Florian.

Le compositeur y repose pour l'éternité. Mais il est vrai que la vie religieuse en Autriche a trouvé en ce ménestrel son véritable chantre.

Cette image de Bruckner contentera peut-être le mélomane imprégné de ses symphonies, mais il y a pourtant un regard plus humain à porter sur lui.

Bruckner naquit à Ansfelden, en Haute-Autriche, le 4 septembre 1824.

Son père, maître d'école, exerçait aussi les fonctions de violoniste. Il donna à son fils des notions musicales qui lui permirent d'accompagner son père dans diverses manifestations. Puis, il passa deux années chez Jean-Baptiste Weiss, organiste réputé dans la province, qui le familiarisa avec l'instrument. À huit ans, il fut interne au pensionnat de Saint-Florian pendant cinq années. L'aspect sacré de l'abbaye marquera à jamais cet esprit confiant dans les valeurs religieuses.

C'est dans cette abbaye, en cette année 1837, que le futur compositeur fur accueilli comme enfant de chœur à la mort de son père. L'enseignement clérical imposé au jeune Anton l'obligea à se soumettre au dogme de l'église. Cette croyance se traduira plus tard dans le domaine artistique avec ses monumentales symphonies, où le caractère spirituel est un agent libérateur.

Cette période devait être lourde de conséquences dans son comportement privé et dans la vie publique. L'humilité de ses origines accentuée par un mysticisme exacerbé ne permit pas à sa personnalité de se mettre en valeur.

La mise en condition à laquelle il fut soumis dans ses études et dans ses fonctions d'organiste lui interdit de voir le monde sous un autre jour que celui dicté par vingt ans de christianisme.

Si ces années forgent la droiture de l'âme, elles lui permettent de devenir à l'orgue un virtuose grâce à son Maître, Anton Kattinger.

En 1856, il devint organiste à la cathédrale de Linz pendant une dizaine d'années.

À ce titre, il fut admis comme élève dans la classe de Sechter, célèbre professeur de contrepoint avec lequel

Schubert avait étudié quarante années auparavant. Il y trouve une source d'inspiration, et le jeune organiste effectue tous les exercices d'harmonie et de fugue avec une grande facilité. Après avoir impressionné ses professeurs lors d'un cours devant un grand nombre d'auditeurs, les autorités du conservatoire ne doutèrent plus de ses capacités.

Entre 1860 et 1863, Bruckner put aborder l'étude de l'orchestration avec Kitzler. La combinaison de l'orgue et de l'orchestration explique l'utilisation du registre de l'orgue de ses messes, mais surtout dans ses compositions symphoniques. Les pôles d'influence que constituent la liturgie de Bach et l'opéra de Wagner furent les principes fondamentaux de son écriture musicale.

En 1868, il remplaça son Maître, Sechter, au conservatoire de Vienne et fut nommé professeur d'harmonie. En 1871, il prit la place de Kattinger comme organiste.

Dès sa première année à Vienne, il assista au cours d'histoire de la musique professé par Edouard Hanslik, critique de la musique viennoise de l'époque.

En 1874, il introduisit une demande auprès du ministre de l'Éducation et des Arts en vue de créer à l'université un cours de théorie de la musique pour les étudiants des écoles supérieures. Hanslik, membre du conseil, s'oppose à la candidature de Bruckner.

Mais ce dernier réitère sa demande, cette fois auprès du ministre des Écoles, Karl von Stremayr, qui signe un décret portant création de la charge de cours et nomination de Bruckner pour y professer.

Ainsi débuta un enseignement qui devait se poursuivre pendant une vingtaine d'années, jusqu'à ce 12 novembre 1894 où le vieux maître, malade, prit congé de la jeunesse venue si nombreuse l'écouter et l'acclamer, et dont la présence lui avait procuré tant de bonheur.

Deux décennies durant, toute l'élite intellectuelle de la capitale et de tous les horizons vint recevoir la parole de Bruckner.

Cette parole captiva suffisamment ses auditeurs pour que nombre d'entre eux éprouvent la nécessité de consigner leurs impressions en de multiples articles et brochures. Le cours, lui-même, fut édité dans les années 1930.

La reconnaissance de son dévouement fut récompensée le 7 novembre 1891 : il fut reçu docteur Honoris Causa de l'université de Vienne.

Le 11 décembre suivant, le recteur prononça devant trois mille personnes, un discours qu'il conclut en ces termes : « Là où la science atteint ses limites, alors débute le royaume de l'art ». Ses élèves ont défini les cours du Maître de Saint-Florian par des dialogues ayant pour objet la compréhension de la musique à travers ses œuvres. Ils ont, suivant leurs dires, trouvé la voie de la musique moderne tout en gardant les préceptes de la tonalité propres aux musiciens des années passées. Parmi les élèves, un certain Arnold Schoenberg a su tirer profit des cours de Bruckner, non seulement en allant aussi loin dans les formes de tonalité, mais en ouvrant l'espace de l'atonalité.

L'année suivante, il doit renoncer à se rendre à Graz pour la création de sa cinquième symphonie, en raison de son état de santé.

Depuis le 18 juin 1895, l'organiste vit dans le pavillon de garde du château du Belvédère, mis à sa disposition par l'empereur François Joseph. Son nouveau cadre apporte à Bruckner la sérénité pour composer.

Dès lors, il peut se consacrer à la composition de son ultime symphonie, qu'il ne pourra achever dans les conditions que nous verrons en fin d'ouvrage.

Le 12 janvier 1896, il entend pour la dernière fois une de ses œuvres au concert : le Te Deum.

Désormais, sa santé va décliner rapidement ; il souffre d'hydropisie et peine à se déplacer. Les derniers mois furent une lente agonie, et le 11 octobre 1896, Anton Bruckner s'éteignit par un bel après-midi d'automne, laissant ses ultimes feuillets du final de la neuvième symphonie inachevés.

Le 14 octobre, quand Hans Richter leva sa baguette et fit résonner dans l'église Saint-Charles l'ode funèbre de l'adagio de la septième symphonie, le peuple de Vienne comprit que la musique de celui que l'on honorait allait demeurer dans les esprits pour les siècles futurs.

Le compositeur est inhumé sous l'orgue de l'abbaye de Saint-Florian, si chère à son cœur.

L’homme et son tempérament

L’homme est radicalement différent du compositeur, par sa timidité face aux gens qui l’entourent et son incapacité à faire face aux événements.

Inhibé par ses entraves morales et religieuses, il choisit d’orienter ses possibilités créatives vers la musique. Il pensait, en ce faisant, connaître et pouvoir compenser ses propres insuffisances. Les critiques et les diatribes d’un Hanskik le laissaient impuissant. Il en venait parfois à modifier ses propres œuvres pour donner raison à la critique, ce qui avait pour résultat des partitions mutilées en supprimant un grand nombre de mesures, parfois au détriment de l’équilibre et de la compréhension de l’œuvre.

Il ne trouva jamais le bonheur au sein de son entourage. La cinquantaine passée, il a eu des sentiments pour une cantatrice rencontrée pendant ses cours à l’université, mais celle-ci le dédaigna. Depuis, il comprit que personne ne pourrait lui apporter de joie sur un plan affectif. Restait la composition, seul recours et seule consolation pour cet homme fragile moralement et intellectuellement.

Il était en marge des courants politiques et intellectuels de son temps.

Sa seule vie était spirituelle : la foi. Et la musique fut la seule issue de ses inspirations. Ainsi, sa musique devint-elle la révélation de sa foi et la consécration mystique de la musique. Ses symphonies, notamment les trois dernières, sont d'immenses cathédrales sonores. N'a-t-il pas écrit en tête de la partition de la neuvième, demeurée inachevée, « dédiée au bon Dieu » ? Cette épitaphe pourrait tenir lieu de devise à sa vie tout entière tant son action en faveur de la musique fut, du premier au dernier jour, à la gloire de son Créateur.

Parmi les sources de son art, nous avons la musique religieuse et la musique populaire ; cette relation entre sacré et profane traverse sa vie et son œuvre.

Ses œuvres étaient traversées par les épreuves humaines de sa vie. Bruckner fut marqué par l'incompréhension de ses amis et l'hostilité de ses pairs.

S'inclinant, sa vie durant, devant des gens qui ne comprenaient pas sa musique, il ne sut jamais, contrairement à un Brahms ou un Wagner, monnayer son talent.

Sa foi inébranlable l'aida à triompher, mais dans un terrible isolement affectif et social.

Le sentiment omniprésent de la mort ne le quittait jamais. Malade, il craignait de ne pouvoir achever sa dernière symphonie, il s'est battu jusqu'à son dernier souffle.

Création d'une symphonie

Anton Bruckner écrivit des œuvres religieuses dès son plus jeune âge.

Passé la quarantaine, il aborda le domaine symphonique.

Il composa deux symphonies, au début des années 1860, qu'il considéra comme des essais et ne les prit pas en compte plus tard dans l'édition de son œuvre symphonique.

Son premier contact avec le public – la première symphonie – avait été décevant du fait des audaces harmoniques du final. Mais il avait trouvé sa voie : méditation de l'andante, scherzo de fête, final fougueux. Aucun musicien, quinze ans après l'élégante quatrième symphonie de Robert Schumann, n'aurait abordé avec autant de verve et de puissance le domaine symphonique.

Tout son art est né de son aptitude à exploiter l'harmonie traditionnelle dans un son inattendu, d'où résulte une saveur très personnelle du discours musical.

Cette personnalisation se trouve dans le mode cyclique utilisé par Schubert avec ses trois thèmes dans les allegros et les finales.

Enfin, tout au long de sa carrière, Bruckner a apporté aux problèmes du langage harmonique des nouveautés avec des accords modulants qui vont révolutionner la culture musicale. Ce procédé sera utilisé tout au long de la composition de ces neuf symphonies : chorals solennels et paisibles.

Au premier aspect se trouve la forme fuguée dans les finales des cinquième et huitième symphonies. Au second aspect se situent les accords dans les adagios des cinquième et septième symphonies.

L'écriture est à la limite de la tonalité dans le scherzo et l'adagio de la neuvième : les dissonances sont évidentes.

Bruckner fit accomplir au discours symphonique un bond prodigieux ; seul Sibelius, des années plus tard, peut lui être comparé. En abordant la symphonie dans la deuxième partie du 20e siècle, il la trouva en régression par rapport au niveau atteint par Schubert du point de vue formel. La parenté entre les trois ultimes symphonies brucknériennes et les dernières grandes symphonies de Schubert est marquante.

Structure d'une symphonie

La structure de la symphonie brucknérienne est de forme tripartite : trois groupes se distinguent dans les mouvements. Le premier dynamique constitue l'idée fondamentale, le second lyrique trouve sa composante mélodique, le troisième est véhément.

Le développement représente une synthèse parfaite de la science contrapuntique.

En dimensions, il dépasse tous les exemples connus et exploite toutes les combinaisons possibles : présentation du thème puis renversement de ce thème et reprise du motif. Cette formule permet au compositeur de tirer toujours une substance nouvelle. L'un des principes essentiels du développement brucknérien consiste à faire évoluer le discours vers un point culminant fondé sur le retour du thème générique dans une affirmation éclatante soutenue par le tutti ; l'adagio de la septième en est le meilleur exemple.

Dans les quatrième et neuvième symphonies, le thème principal n'entre pas d'emblée, mais au terme d'une introduction et en forme de crescendo.

Avec les cinquième et huitième, Bruckner donne un poids prépondérant au final.

Cependant, la spiritualité est évidente dans les trois dernières et le mouvement lent est le plus long en temps que les autres mouvements.

Les scherzos sont dans la structure d'un Schubert pour les premières symphonies ; pour les autres, le compositeur utilise une forme tripartite avec un motif initial, un trio, la reprise du motif.

Les symphonies débutent dans le mystère et l'attente, souvent par un imperceptible trémolo des cordes, puis une graduation prépare à l'entrée du motif principal.

Il reste à considérer la coda où Bruckner amène le thème principal à son affirmation triomphale au moyen d'un grand crescendo. Sa dimension atteint une longueur jusqu'alors inconnue ; la coda de la cinquième est remarquable par la puissance des sons.

L'intensité sonore oscille entre des valeurs extrêmes : les pianissimi les plus doux côtoient les fortissimos d'une grande puissance. Les ruptures brutales opposent des blocs sonores monumentaux entrecoupés de pauses ; le premier mouvement de la troisième est un modèle du genre.

De cette dynamique contrastée, le compositeur est sans doute redevable à sa formation d'organiste ; l'orgue étant le seul instrument dont les transitions possèdent une pareille puissance et permettent de la maintenir grâce au point d'orgue. En écoutant ces blocs d'orchestre compacts, comme taillés comme des murailles, on ne peut s'empêcher d'évoquer la vaste nef où officiait le musicien.

Les révisions

Le problème des révisions des œuvres symphoniques de Bruckner revêt une acuité particulière.

L'existence de versions multiples oblige les interprètes à effectuer un choix difficile.

Le compositeur jette un premier projet sur le papier, jugé souvent insatisfaisant par Bruckner lui-même. Viennent alors les révisions effectuées dans le temps. Celles réalisées de la propre initiative du musicien, pour avoir une version considérée par ses soins comme valable pour être jouée et publiée.

Ces éditions méritent la désignation d'authentiques : telles sont les troisième et quatrième symphonies.

Plus tard sur les conseils peu judicieux de ses élèves et de ses interprètes, qui jugent ses œuvres longues et ennuyeuses, il remanie certaines de ses symphonies, modifiant des détails d'écriture. Enfin, Bruckner étant âgé et malade, ses élèves comme les frères Schalk, et le chef d'orchestre Löwe se passent de son acquiescement en supprimant un certain de mesures et en pratiquant des coupures importantes dans les finales. Ces coupures donnent lieu à un déséquilibre du mouvement et un manque de compréhension pour l'œuvre entière. Ainsi, le final de la troisième se trouve amputée de la réexposition des premier et troisième motifs ainsi que de la moitié de la coda du final.

Des musicologues autrichiens ont publié les versions originales de toutes les symphonies, comme Georg Tinter. Robert Haas, a édité l'ensemble des manuscrits et Léopold Novak directeur de la bibliothèque nationale de Vienne de 1947 à 1969, a effectué une édition corrigée. Ce travail de longue haleine a permis de restituer à Bruckner sa véritable dimension de symphoniste.

Novak dans certaines symphonies reprend les versions rectifiées avec l'accord du musicien.

Mais c'est à Haas et Orel, avec tous les documents dont ils disposaient alors pour reconstituer l'œuvre originale, que l'on doit de pouvoir apprécier le Maître de Saint-Florian. Haas est parvenu à une telle connaissance de l'esprit brucknérien qu'il a remis des passages auxquels le compositeur avait semblé tenir, convaincu que dans un climat de réflexion musicale plus sage, il aurait refusé de les supprimer.

Face aux exigences de l'authenticité musicologique, il est certain de voir des différences de point de vue entre Haas et Novak : le premier une vision authentique et conforme à l'esprit de Bruckner, le second une vision acceptable pour le public.

Rendons donc hommage, aujourd'hui, au travail de Robert Haas qui permet à tous une bonne compréhension de l'œuvre symphonique du compositeur.

Les premières œuvres religieuses

Les premières compositions du jeune Anton ont été écrites entre 1841 et 1859 : six messes, quinze motets, un magnificat, un requiem.

La première messe vit le jour en 1841 à Windhaag, premier poste occupé comme organiste par le musicien. Elle présente d'évidents points de comparaison avec les messes du jeune Schubert. Les années suivantes, il composa plusieurs messes chorales à deux et quatre voix avec accompagnement à l'orgue.

En 1850, il compose un requiem pour soli, trombones et cordes. Il fut joué pour l'anniversaire de la mort de Franz Sailer, ami du père d'Anton. Cette partition possède une affinité mozartienne avec de larges passages a cappella.

L'année 1852 voit naître trois œuvres liturgiques : le magnificat pour soli, chœur mixte et orchestre à cordes, les psaumes 22 et 114 pour chœur mixte et trombones.

En 1854, il écrivit sa première partition avec un orchestre symphonique : la quatrième messe. Elle est entreprise à la mort du prieur Michel Arneth, qui avait parrainé la carrière du jeune musicien.

Les messes

Le 8 décembre 1855, Bruckner est nommé organiste à la cathédrale de Linz.

En huit ans vont se succéder toutes les partitions qui feront de l'organiste de Linz le grand compositeur d'église que nous connaissons aujourd'hui.

Le psaume 146 occupa une place originale dans le domaine religieux : c'est l'écriture d'une cantate sacrée. Elle fut exécutée à Linz pour un anniversaire en 1860.

La messe n° 5, en ré mineur, composée en 1864, comprend un orchestre complet et un chœur mixte à quatre voix.

La messe n° 6, en mi mineur, écrite en 1866, est conçue pour quinze instruments à vent et un double chœur, clin d'œil à la polyphonie de la renaissance.

La messe n° 7, en fa mineur, date de 1868 et comprend un orchestre symphonique et un chœur mixte à quatre voix et deux solistes vocaux.

Dans leur forme extérieure, ces trois grandes messes revêtent un esprit liturgique pour aboutir à une véritable prière chantée. Sur le plan musical, on découvre une continuité avec les dernières messes de Schubert. La forme cyclique obtenue sera une caractéristique essentielle des futures symphonies. Pour le style, chaque partie est traitée de manière nouvelle. Le kyrie met en valeur la gravité des mots ; le gloria se subdivise en trois thèmes ; le credo fait référence au jugement dernier ; le sanctus amène une note d'espérance ; le benedictus est une prière angélique ; l'agnus dei reprenant les éléments du kyrie initial.

Les trois messes furent publiées du vivant du compositeur et eurent une grande renommée.

D'un tout autre caractère sont les motets suivants à sept voix mixtes, écrits entre 1860 et 1870.

Dix années s'écouleront avant de retrouver sous sa plume une composition d'église : ce sera le Te Deum, composé en 1882.

Ce Te Deum remporta tous les suffrages, par son aspect religieux et sa jovialité, alors que ses symphonies étaient ignorées du grand public.

Sa composition s'effectua de 1881 à 1884, avec la composition de la septième symphonie. Il est écrit pour un quatuor de solistes, un chœur mixte, et un orchestre symphonique. Le texte est chanté avec allégresse, le violon solo accompagne le soliste ; un battement de cordes traverse la partition tout entière ; une fugue monumentale termine l'œuvre.

L'œuvre fut créée à Vienne le 10 janvier 1886 sous la baguette de Hans Richter.

Enfin, entre 1892 et 1893, Bruckner acheva encore deux importantes partitions chorales : le psaume 150 et la cantate Helgoland.

Le psaume 150 se rattache à la musique sacrée, mais est rédigé en langue profane.

Il résulte d'une commande destinée au concert d'ouverture d'une exposition internationale de musique. Ce psaume, d'une envolée rayonnante, fut donné le 11 novembre 1892 à Vienne.

Helgoland est une cantate profane composée pour célébrer la restitution de l'île de Helgoland par les anglais à la nation allemande. L'œuvre se présente comme une grande ballade héroïque. Sa formation comporte un chœur d'hommes et un orchestre. Elle fut exécutée le 13 décembre 1893.

Les symphonies

Généralités :

La production symphonique d'Anton Bruckner est la plus considérable du 19e siècle, de par la dimension gigantesque de ses œuvres et l'audace de son écriture.

Bruckner fonde les thèmes des différents mouvements sur une cellule commune. Il instaure la forme cyclique et y ajoute le rappel du thème initial en conclusion. Ses principes, audacieux pour l'époque, démontrent l'évolution des formes musicales.

Symphonies d'étude :

Écrites en 1864 et 1865, ses symphonies sont les premiers essais du compositeur en matière d'orchestre.

Le chef d'orchestre Otto Kitzler, directeur musical du théâtre de Linz, révèle à Bruckner les détails d'orchestration et les richesses du romantisme musical. Il l'initie à la musique de Berlioz et Wagner.

Enfin, le 13 février 1863 vient la révélation suprême : la représentation à Linz de Tannhaüser. C'est un coup de foudre pour l'organiste de Saint-Florian. De cette rencontre, spirituelle et héroïque, va naître la moisson symphonique la plus moderne de son temps.

Les premières pages d'orchestre qui sortirent de la plume de Bruckner prennent un intérêt et un relief saisissant. On y décèle les auteurs de l'époque, mais on le voit surtout s'engager dans la voie correspondant à la musique plus personnelle de Wagner.

Symphonie en fa mineur :

Dans cette œuvre, Bruckner ne cherche pas à innover, mais à confirmer les leçons apprises.

La rédaction semble avoir été menée en 1863, après l'audition de Tanhaüser.

La partition complète ne fut éditée qu'en 1974.

Symphonie en ré mineur :

Commencée en 1864, juste avant la messe en Ré mineur, elle fut achevée en 1868 après un voyage en France du musicien où il rencontra César Franck, organiste à l'église Saint-Clotilde à Paris.

L'orchestration présente des affinités avec la symphonie de Franck : long crescendo et cellule rythmique. On voit le parallélisme entre les deux organistes.

Cette symphonie est un maillon précieux pour l'histoire de la symphonie, car elle fait la jonction entre Schubert et Schoenberg, dans l'évolution du langage brucknérien.

C'est la première tentative du compositeur pour s'insérer, à la fois dans la ligne schubertienne et un courant moderne européen.

Les grandes symphonies

Première symphonie

La symphonie en ut mineur, annoncée comme première par son auteur, occupa ce dernier pendant les années 1865 et 1866.

Cette œuvre représente à la fois un point d'aboutissement et un point de départ.

Ses deux symphonies précédentes ont permis à Bruckner de parfaire sa maîtrise des formes et aussi de forger les premiers éléments d'une technique personnelle.

Par ailleurs, il faut observer que ces années de séjour à Linz sont les seules de toute sa carrière où Bruckner traita simultanément la symphonie et la musique sacrée.

Le recueillement et la prière étant l'apanage de la musique d'église, il met à profit l'écriture symphonique pour libérer la vitalité qu'il ne peut exprimer dans sa vie personnelle. D'où les fulgurants élans rencontrés dans ses symphonies d'étude et qui atteignent leur paroxysme dans le final de cette œuvre.

Par son ampleur et sa fougue, le final se situe dans le droit chemin de celui de la grande symphonie de Schubert par la persistance d'une trame rythmique tout au long du mouvement, laissant peu de place au thème lyrique. Le rythme directeur entre d'emblée furieusement avec les cordes, les vents poursuivent le discours jusqu'au groupe conclusif affirmé de façon véhémente.

Eugen Jochum, dans son intégrale avec la philharmonie de Berlin, également dans le cadre de son intégrale, offre la meilleure interprétation avec celle de Günther Wand et la radio de Cologne.

Deuxième symphonie

Après un premier contact avec le public, Bruckner édifia une grande symphonie.

Mais cette fois, le public ne comprit pas l'ampleur du message et demanda à son auteur de revenir dans des proportions raisonnables afin de contenir ses idées. Bruckner refusa d'effectuer toute retouche, et paya de ses deniers les services de l'orchestre.

Cette œuvre est le type même de la forme sonate avec ses trois parties.

Le premier mouvement assure une continuité directe avec les dernières symphonies de Schubert. Elle gagne aussi en sagesse par rapport à la précédente : l'œuvre est clarifiée sur le plan harmonique et les contrastes mieux différenciés. Pour ce faire, le musicien contribue à mettre de nombreux silences.

Cette œuvre, également en ut mineur, fut composée de 1870 à 1872 et jouée l'année même à Vienne où elle reçut cette fois un accueil favorable du public.

Néanmoins, dans le but de favoriser la compréhension de l'ouvrage, le chef d'orchestre de la philharmonie,

Anton Herbeck, conseille certaines retouches, effectuées par Bruckner l'année suivante par déférence envers son défenseur le plus zélé. Il pratique ses modifications à contrecœur en espérant voir le texte original restitué plus tard.

Ces retouches ont pour effet la suppression des barres de reprise du scherzo et surtout en supprimant une grande partie de la coda du final (plus de quatre-vingts mesures).

Ces altérations enlèvent le caractère monumental du final.

Malheureusement, c'est cette version qui sera éditée par Léopold Novak en 1932. Robert Haas rétablira la version authentique en 1962.

Le chef néerlandais, Bernard Haitink, le meilleur interprète de cette symphonie, jouera la version Haas.

Les quatre mouvements se décomposent de la manière suivante :

Le premier allégro énonce son thème sur un battement des cordes graves puis aux cuivres ; ce groupe s'éteint sur une pause générale. À un thème lyrique succède un vigoureux motif rythmique confié aux trompettes, lequel aboutit à une pause. La reprise s'effectue dans le même ordre de présentation et la coda intervient à l'issue d'un crescendo sur le motif initial renversé.

L'andante est une des plus pures illustrations de la méditation brucknérienne. Il s'agit d'un rondeau joué par les violons. La deuxième section, aux cordes, fait place à un pizzicato surmonté d'un cor solo de toute beauté. La longue coda aux délicats alliages de flûte et de cor sur une tenue des violons termine cette page.

Le scherzo, hérité des scherzos du dernier Schubert, est une danse rustique et le trio est une valse rêveuse.

Avec le final, retour du conflit intérieur. Un crescendo prépare l'entrée du thème essentiel. Après une pause générale intervient le motif lyrique suivi de la reprise du thème initial. Une belle accalmie en forme de choral aux cordes termine la présentation. Le développement reprend le motif au hautbois puis aux trompettes, suivi de la reprise avec tout l'orchestre.

La vaste coda, la plus étendue avec celle du final de la cinquième, comporte deux sections et une conclusion. Chaque section apporte une citation du thème initial sur pédale de timbales et suivie d'une pause. La péroraison reprend une dernière fois le crescendo introductif pour culminer sur l'éclatante affirmation du thème générateur en ut mineur.

La majorité des interprètes dirigent la version avec les coupures, comme les grands brucknériens comme Eugen Jochum dans les années 1960-1970 où les nouveaux comme Andriss Nilson aujourd'hui. Actuellement, Bernard Haitink est le seul à donner la version complète.

Troisième symphonie

La plupart des commentaires s'accordent, à voir dans la symphonie en ré mineur le point de départ du style brucknérien accompli. Elle réunit, pour la première fois, l'ensemble des caractères spécifiques du compositeur. Chacune des sources de son inspiration y est présente : l'élément religieux dans l'adagio, le parfum du terroir dans le scherzo. Quant aux mouvements extrêmes, ils font une synthèse de la forme beethovénienne et du langage wagnérien.

La composition primitive fut entreprise à l'automne 1872 et terminée l'année suivante. Cette version devait attendre un siècle avant d'être publiée ; l'enregistrement en première mondiale eut lieu en 1980 par Eliahu Inbal.

La tonalité de ré mineur dénote un sentiment de puissance et de grandeur.

Bruckner rendit visite au Maître de Bayreuth en 1873 pour avoir son avis sur cette nouvelle composition. Enthousiasmé par l'audace de l'écriture, Wagner dédicaça la symphonie en priant Bruckner de modifier certains traits jugés comme trop aventureux.

Ce travail lui prit une année entière, mais sa tâche pédagogique l'absorba et, en décembre 1877, il mit un terme à l'ouvrage.

Bruckner eut beaucoup de difficultés à faire exécuter sa symphonie. Le chef d'orchestre prévu pour diriger cette œuvre, Johan Herbeck, décéda subitement, et le compositeur fut obligé de le remplacer au pied levé. Les musiciens de la philharmonie de Vienne la déclarèrent injouable en raison des difficultés harmoniques. Après maintes démarches, la création eut lieu le 16 décembre 1877.

Néanmoins, à la fin du concert, un éditeur se présenta à Anton Bruckner et lui offrit d'éditer sa partition : Théodor Ratting. Grâce au dévouement de ce dernier, cette œuvre fut la première à être imprimée du vivant du musicien. Fritz Oeser la publia en 1949 et Bernard Haitink l'enregistra en 1963 avec l'orchestre symphonique du Concertgebouw d'Amsterdam.

En 1889, Bruckner remit sa symphonie en chantier. Ce travail de révision n'a pas été effectué de gaieté de cœur et le résultat fut détestable. Le compositeur dut accepter plusieurs coupures proposées par ses élèves, Franz et Joseph Schalk, dans le but de rendre la partition plus accessible au public. Il advint de cette refonte une mutilation de l'adagio, mais surtout un final amputé du tiers de ces mesures ; ce qui nuit à l'équilibre monumental et à la conception cyclique. En effet, dans le final, la reprise des premier et troisième thèmes sont supprimés, le choral est amputé de sa troisième présentation, ainsi que la première partie de la coda ; tel est le navrant résultat que nous livre Schalk.

Cette mouture, imprimée en 1890 avec une subvention de l'empereur, fut créée à Vienne la même année et reçut un accueil, triomphal. Voilà pourquoi les interprètes, présents et passés, choisissent cette version publiée par Nowak en 1954.

De toutes les symphonies de Bruckner, la troisième est celle qui fait la plus large part à l'héroïsme. Dès le thème initial, à la trompette, nous entrons de plain-pied dans le monde des Nibelungen. Son aspect est grandiose de la première à la dernière note et plus particulièrement dans le développement central du mouvement initial et de la coda finale.

La version primitive fut enregistrée pour la première fois par le chef israélien Elhiau Inbal en 1982 avec la radio de Frankfort, suivi en 1998 par le chef anglais Georg Tintner.

Le spécialiste de la musique de Bruckner, Jochum, dans ses intégrales de Munich et Dresde utilise le manuscrit de 1890. Mais de grands interprètes dirigent la partition d'Oeser, comme Bernard Haitink dans ses deux intégrales avec Amsterdam et Vienne. Dans des enregistrements isolés, Rafael Kubelik et Lovro von Matacic nous donnent à entendre l'édition Haas.

Ces deux éditions sont les plus satisfaisantes sur le plan musicologique.

Il faut admettre, néanmoins, les remarquables gravures de Kurt Sanderling avec le Gewandhaus de Leipzig en 1963 et Karl Bohem avec la philharmonie de Vienne en 1970.

Même avec le texte de Nowak, ils offrent de cette œuvre une dimension grandiose.

Un autre chef utilisant également la partition mutilée, Hans Knappersbusch avec l'orchestre de la philharmonie de Munich a donné la plus formidable coda, d'une puissance jamais égalée. Malheureusement, la qualité sonore n'est pas toujours parfaite.

L'allegro initial comporte toutes les phases de la forme sonate élargie.

Dès le début naît le célèbre thème aux trompettes, suivi du thème lyrique. Dans un contraste saisissant intervient une deuxième présentation du motif. Le groupe de chant se développe longuement et débouche sur un motif confié aux vents pour amener le retour du thème générateur aux cors et trombones.

Le cor solo ouvre le développement en reprenant le motif initial pour s'acheminer vers l'affirmation monumentale du thème en un tutti grandiose.

Reprise de différents motifs dans l'ordre de présentation normal. Un roulement de timbales ouvre la coda en un colossal crescendo sur le premier élément du thème ; après un bref rappel du motif à la flûte, la péroraison éclate fortissimo.

L'adagio, en formez de lied sonate, donne la primauté à la méditation.

Les cordes énoncent la mélodie, reprise par les bois. Le second volet revêt un caractère religieux traité aux vents et aux bois. La coda, un choral aux vents, clôt la partition.

Une vie rythmique parcourt le scherzo. Le trio est un chant au parfum champêtre.

Magnifique couronnement de l'œuvre, l'allegro final déploie son thème fondamental aux cuivres. Au sommet d'un rapide crescendo éclate en fanfare l'idée principale, suivit par un groupe chanté sous la forme de valse lente. Un choral véhément intervient aux cors et trombones, et fait l'objet de trois présentations successives.

Après le développement sur le motif principal et la réexposition des thèmes surgit la coda, une des plus imposantes du compositeur.

Elle s'ouvre sur un tutti superposant les thèmes principaux du mouvement. Une brillante fanfare de cuivre amène le thème générateur du premier mouvement, qui surgit avec force et apporte à la triomphale coda, large et solennelle le prestigieux éclat de son ré majeur ; symbole de la victoire acquise contre les contingences terrestres.

Edouard Hanslick déclare à propos de la troisième symphonie : « Il y a une totale absence de continuité dans le discours ». Bruckner, il faut le dire, était préoccupé par la grande forme orchestrale et, de ce fait, était en parfaite symbiose avec la texture sonore de l'orchestre wagnérien. Le discours symphonique de Bruckner n'est ni monotone ni démesuré pour celui qui comprend le bien-fondé de la démarche du compositeur.

En fait, il a eu l'infortune d'être au milieu de la polémique entre Wagner et Hanslick.

Hanslick, pour une fois, n'avait pas tort sur le fond : en effet, le critique écouta la version remaniée avec les nombreuses coupures ; il n'y avait aucune continuité dans le discours. S'il avait entendu l'original, son jugement en fut-il révisé de manière moins sévère ?

Quatrième symphonie

La quatrième symphonie, en mi bémol majeur, développe considérablement ses thèmes.

Cette ouvre, comme la précédente, a eu une genèse laborieuse.

La première ébauche occupa le musicien pendant toute l'année 1874. En 1878, jugée trop aventureuse, il entreprend une révision complète : le scherzo est remplacé par la peinture de chasse et le thème du final entièrement remanié par un motif moins exubérant.

L'œuvre fut créée à Vienne le 20 février 1881 par Hans Richter ; ce fut un succès.

La quatrième est, avec la septième, l'œuvre la plus populaire du Maître.

L'éditeur viennois Albert Gutmann publia le manuscrit en 1889.

La partition subit comme la précédente une refonte. Elle fut réinstrumentée par Ferdinand Löwe avec des coupures dans l'adagio et surtout dans la final. Bruckner donna sa caution à cette mouture, mais sans y apposer sa signature.

Le retour du texte authentique s'effectuera en plusieurs étapes. Dès 1936 Haas avait restitué le manuscrit conservé dans la bibliothèque de Vienne et en 1953 Nowak publia la révision de 1878.

Reste la version primitive parut en 1975 et fut donnée en création mondiale la même année par le chef d'orchestre allemand Kurt Wöss.

Le motif initial étend ses brumes mystérieuses par le trémolo des cordes surmonté de l'appel du cor pour aboutir au crescendo fortissimo. Le thème mélodique est une mélodie villageoise. Le développement est effectué de plusieurs combinaisons du thème principal : une première vague débute en une puissante graduation, la seconde prend l'allure d'un choral. Après la reprise, la coda s'élève rapidement vers une affirmation éclatante aux cuivres, ponctuée par les accords vigoureux de l'orchestre.

L'andante est une large cantilène contée à la veillée par le violoncelle. L'alto reflète les ombres de la forêt, la flûte et le hautbois le chant des oiseaux nocturnes.

Les différents motifs sont présentés sous plusieurs éclairages, faisant ressortir les richesses des pupitres.

Le scherzo caractérise l'automne avec cette lumière encore chaude où résonne l'appel des chasseurs. C'est par des appels de cor que débute ce morceau jusqu'à une exclamation où les trompettes font écho. Au milieu de cette scène de chasse, le trio apporte une mélodie portée par la clarinette qui évoque une danse paysanne dans la clairière.

Conçu sur une vaste échelle, le final est grandiose d'un bout à l'autre. Il goûte les plaisirs de la terre. Le thème se fait jour au travers d'un monumental crescendo où la cellule génératrice est énoncée par le cor pour aboutir au colossal unisson avec ses fulgurantes appogiatures. Une courte accalmie prépare le retour du leitmotiv du premier mouvement dans un épisode puissant de tous les cuivres.

Le groupe de chant est exprimé aux cordes, suivi d'une réponse aux bois. Le groupe conclusif, dominé par les trombones.

Le développement se définit par ses oppositions successives où l'on trouve toutes les combinaisons du motif initial. Le thème est amplement développé jusqu'à un tutti central, suivi du second motif sur un choral aux cuivres.

La réexposition débute brutalement par le thème principal. Le groupe de chant et le motif rythmique concluent le mouvement.

Après une pause intervient la coda, grandiose et solennelle, en une majestueuse graduation dont la section conclusive reprend le thème du premier mouvement vers une lumineuse image.

Il reste à examiner la version de 1874, plus longue dans la durée et plus riche sur le plan harmonique.

Les hardiesses spontanées laissent échapper certaines imperfections auxquelles la révision apporte un remède ; cela se vérifie en comparant les deux rédactions de 1874 et 1878. La section terminale du premier mouvement comporte un long épisode sur le motif principal, supprimé lors de la révision. Si le thème de l'adagio est reconnaissable, le détail de l'écriture diffère totalement. Le scherzo n'a rien de commun avec le motif de la chasse ; il s'agit d'un motif rythmique. Le thème du final subit des variations importantes : la présentation est en trois sections au lieu d'une seule avec la version de 1878. La coda forme un vaste crescendo en deux volets supprimé et remplacé dans la version de 1878 par une courte coda.

En résumé, la partition primitive comporte à la fois une écriture plus variée et des motifs plus détaillés. Il suffit pour cela de vérifier le nombre de mesures : 2320 mesures pour la version primitive contre 1930 mesures pour la version définitive.

La version Löwe de1895 subit encore des coupures supplémentaires : il supprime la reprise des premier et troisième thèmes de la réexposition.

Les meilleures interprétations sont celles de Jochum en studio avec la philharmonie de Berlin en 1965 et en concert avec le Concertgebouw d'Amsterdam en 1980.

L'interprétation de Sergui Cellibidache en concert avec la radio de Stuttgart en 1974 est un moment d'anthologie : la coda, prise dans un tempo très retenu, est remarquable.

Cinquième symphonie

Cette œuvre unit le climat religieux au lyrisme viennois en une grande architecture sonore qui intègre le choral et la fugue. C'est la plus abstraite et la plus théologique de pair avec les trois dernières. Elle est dans la tonalité de si bémol majeur.

La première ébauche vit le jour en novembre 1875 et est définitivement achevée en janvier1878. L'auteur l'a dédié au ministre Karl von Stremayr, à qui il doit sa nomination à l'université.

Contrairement aux autres, cette symphonie n'a jamais été remaniée. Bruckner devait mourir sans avoir pu entendre sa partition.

Elle ne fut créée que le 8 avril 1894 à Graz sous la direction de son élève, Franz Schalk. Malade, le vieux Maître dut renoncer à faire le déplacement et se satisfaire des échos du succès triomphal que lui rapporta son interprète.

Chef-d'œuvre d'architecture et de lumière, cette symphonie se mesure à ses thèmes grandioses, ses allures de choral et ses puissantes envolées.

Le message de Bruckner transcende son œuvre : face à la solitude et au pessimisme, la composition lui apporte la consolation. Le caractère passionné de cette musique et sa profonde résonance humaine trouvent chez lui la paix de l'âme.

Du point de vue de la structure, jamais le parallèle entre le sacré et le rythme ne fut mis autant en évidence. Les mouvements extrêmes, véritables tours de cette cathédrale, sont symétriques par leurs proportions. Ils encadrent un adagio à l'allure de choral et un scherzo dynamique. La profondeur de sonorité qui révèle l'organiste.

L'écriture donne un rôle essentiel au contrepoint ; le musicien l'exploite comme Bach auparavant. Comme Bach, il utilise la fugue et pour la première fois l'intègre à la symphonie de façon magistrale dans le final.

La symphonie se compose de quatre mouvements.

L'introduction lente et pianissimo crée le recueillement avec ses longues tenues aux violons.

Intervient un tutti aux cordes seules puis de tout l'orchestre, auquel répond le chœur des cuivres. L'introduction est reprise par l'orchestre aux trombones et trompettes. Puis le motif principal se fait jour, joyeux et nerveux ; il définit le caractère héroïque de l'allegro.

Le groupe de chant, aux cordes, revêt un aspect mélancolique. Suit le groupe conclusif avec son motif rythmique fortissimo pour se terminer de manière apaisée avec la résonance des cors.

Le développement débute par l'introduction lente, entrecoupé par le tutti du début. Puis apparaît le thème principal qui va afficher une thématique variée avec une grande souplesse. Intervient à nouveau le choral qui amène le motif initial dans toute sa splendeur.

Reprise du groupe de chant et du motif rythmique dans l'ordre normal de présentation. Sur un dessein de pizzicati, le motif rentre progressivement, aux bois puis aux trompettes et le thème entier s'élève par l'affirmation éclatante des cuivres.

L'adagio offre, lui, une vision tour à tour sereine ou angoissante. Cette page, si noblement inspirée, renferme l'essence même de la contemplation brucknérienne.

Deux thèmes le composent. Le premier est une mélodie du hautbois traduisant la solitude. La polyphonie profonde des cordes attaque le second thème, grave et solennel, d'une beauté pénétrante. Ce motif se déroule en une grande vague montante où s'allient progressivement les bois, les cors, puis les cuivres. Ce motif se termine par une délicate mélodie à la flûte et à la clarinette. Reprise du thème avec son développement aux bois, suivi par un long crescendo jusqu'à l'éclatement des cuivres.

Le scherzo exprime sa joie rustique. Le motif déploie sa mélodie aux bois, puis sa ligne nerveuse termine la première présentation. Le trio central, aux vents, est un écho champêtre de la campagne du compositeur.

Avec celui de la huitième, le final de la cinquième est le plus vaste de toutes les symphonies de Bruckner. Son architecture est un événement unique dans les annales de la symphonie par la fusion qu'il réalise de la forme sonate et le traitement de la fugue traitée sur une échelle inconnue depuis Bach. Une telle réalisation ne pouvait naître qu'à Vienne, dans la lignée de Schubert.

Ce final s'ouvre avec l'introduction du début, suivi d'un rappel des thèmes des mouvements précédents, comme pour le final de la neuvième de Beethoven.

Le groupe de chant aux cordes et aux bois offre un charme printanier sur un rythme allant.

Proclamé à trois reprises par les cuivres, les cordes reprennent le motif du choral.

Le développement s'amorce par des récurrences du thème du choral à découvert, aux cors puis aux hautbois. Il s'amplifie progressivement par les cuivres sur près de deux cents mesures sous la forme d'une double fugue en une merveilleuse polyphonie, avec à l'issue un crescendo dominé par le thème du choral à l'unisson de tout l'orchestre.

Des rappels du premier mouvement amènent la vaste coda, véritable développement terminal en trois parties et qui constitue le couronnement de la symphonie.

Sur les gammes des violons, le thème cyclique s'élève jusqu'à l'ultime crescendo au sommet duquel éclate la triomphale péroraison, où dominent les cuivres soutenus par d'immenses vagues de cordes. Le premier motif, dominé par les trompettes, fait l'objet de trois présentations successives ; il est ensuite entrecoupé de fanfares, puis arrive le somptueux choral, qui donne tout son sens à l'ensemble de l'œuvre. Il se déroule puissamment : les trompettes et des trombones jouent en triple forte le choral, tandis que les violoncelles et contrebasses s'en tiennent au motif initial. Le tutti se termine par les mêmes accords que le premier mouvement, sur un long roulement de timbales.

La puissance de ces sons est, sans doute, ce que la musique grâce à l'esprit humain, à jamais produit de plus grandiose.

La cinquième d'Anton Bruckner est l'une des rares œuvres dont l'exécution constitue l'événement majeur d'un festival. Seul un chef inspiré peut lui rendre justice.

Parmi ces chefs, peu peuvent se prévaloir de donner à cette symphonie tout son sens à la fois spirituel et héroïque.

Au premier chef, Eugen Jochum lors de deux concerts avec le Concertgebouw d'Amsterdam. Le premier en Bavière à l'abbaye d'Ottobeuren en 1964 ; le second à Amsterdam dans la salle de concert en 1986. L'inspiration de Jochum est sublime ; il explore le caractère mystique de la partition dans une optique dionysiaque.

Pour sa part, Günther Wand donne une dimension plus humaine dans ses interprétations de concerts avec l'orchestre de la radio de Hambourg en 1986 et avec la philharmonie de Berlin en 1996.

Haitink, avec l'orchestre philharmonique de Vienne en studio en 1988, propose une dimension qui corrobore les visions des deux premiers dans une lecture stylistiquement et techniquement parfaite.

Des problèmes d'interprétation se sont posés pour l'exécution d'une telle œuvre.

En raison de l'effort exigé des instrumentistes pour la partie des cuivres, Franz Schalk effectua des coupures dans le final, en supprimant la moitié du développement et une partie de la coda.

La symphonie fut imprimée sous cette forme en 1895. Il fallut attendre 1937 pour voir rétablir le texte original par Robert Haas.

Hans Knappersbusch exécuta la symphonie avec les coupures ; cela est dommageable car l'inspiration du chef est à la hauteur de la pensée du Maître de Saint-Florian.

Sixième symphonie

La sixième symphonie en la majeur peut être décrite comme celle d'un philosophe : beauté contemplative et sentiment chaleureux.

Écrite dans une période relativement heureuse pour le musicien, cette symphonie fut composée de 1879 à 1881.

Bruckner ne remania pas son texte, qui parut trois ans après sa mort en 1899. Néanmoins la gravure avait été réalisée dans les derniers mois de sa vie, comme le prouve sa signature tremblante qu'il apposa sur le manuscrit.

Considérée comme une œuvre secondaire en raison du peu de recherche des thèmes, la sixième est peu présente aux programmes des concerts.

Par sa véhémence et sa concision, cette première partie est de forme sonate. L'ensemble du mouvement établit un contraste entre les différents motifs.

Le thème principal se caractérise par un motif rythmique qui dominera la partition entière. Il débute aux basses, puis fortissimo par tout l'orchestre.

Le groupe lyrique se déroule aux bois puis aux cordes. Un crescendo annonce le troisième motif, rythmique aussi, qui s'éteint doucement au son d'une flûte dans le lointain.

Le développement reprend le motif initial dans son éclat, ainsi que le groupe de chant et le motif rythmique.

La coda s'ouvre dans le calme par le thème principal sous forme directe puis renversée. Suit un choral, puis éclate brutalement le thème fondamental dans toute sa puissance.

Après le poème de la solitude de la cinquième et avant l'ode funèbre de la septième, l'adagio de la sixième tient de la description sentimentale du musicien : une contemplation traitée avec une grande élévation de pensée dont Bruckner ne se départit jamais. D'emblée, ce climat de recueillement est donné par les cordes ; le hautbois introduit le second élément dans une méditation sereine.

Le scherzo est une danse fantastique avec une opposition constante entre les groupes instrumentaux.

Le final débute par un motif mystérieux aux violons. Des appels de trompettes imposent le thème par un martèlement des cuivres et timbales. Le groupe de chant aux violons fait place à un motif enlevé de tout l'orchestre.

Le développement se fait dans l'ordre de présentation initial avec un tronc commun pour la reprise du thème principal.

La coda se prépare avec le retour du motif rythmique, en deux présentations, et se clôt avec l'idée du premier mouvement.

Günther Wand a donné une excellente interprétation de cette œuvre en concert avec l'orchestre de la radio de Hambourg. Eugen Jochum en concert en 1982 avec le Concertgebouw d'Amsterdam en a donné une vision très inspirée.

Septième symphonie

Le ton de mi majeur est souvent celui des œuvres méditatives et recueillies : c'est le cas ici.

L'arpège du début pose la première pierre de la vaste cathédrale que nous allons détailler.

Deux des symphonies du compositeur, la troisième et la septième, ont une relation directe avec les sentiments que professait le Maître de Saint-Florian à l'égard de Richard Wagner. Cependant les dates de composition montrent que l'affinité entre les deux musiciens pouvait prendre chez Bruckner un caractère tant formel que spirituel.

En effet, le premier mouvement de la septième, si proche de Parsifal, était achevé en juillet 1882 quand Bruckner se rendit à Bayreuth pour la création de l'ultime ouvrage de Wagner. L'adagio fut entrepris l'année suivante, avec le pressentiment de la mort prochaine de Wagner. Celle-ci arriva fin 1883, quand Bruckner rédigeait l'immense coda, véritable hymne funèbre en hommage au compositeur allemand.

Néanmoins, le caractère de la musique et le contexte dans lesquels les motifs interviennent sont personnels. Aucune autre œuvre dans l'histoire de la musique symphonique ne mélange aussi harmonieusement la longue mélodie et le motif rythmique.

Bien des critiques considèrent cette symphonie comme l'expression la plus accomplie de l'art d'Anton Bruckner.

On pourrait vanter la noblesse de ses thèmes, l'équilibre de son architecture, la richesse instrumentale, l'ampleur de ses graduations (coda des mouvements extrêmes).

Reste l'étincelle grâce à laquelle une musique trouve le chemin de l'âme.

Une particularité à souligner en ce qui concerne la durée des morceaux : le final est le plus court écrit par le musicien (douze minutes). Malgré la disproportion par rapport aux deux premiers mouvements, la symphonie garde son équilibre en raison de la puissance de ce même final.

Elle fut rédigée de septembre 1881 à septembre 1883, dans le cadre paisible de Saint-Florian où notre compositeur aimait passer ses vacances.

C'est la seule œuvre dont le texte n'ait jamais été remanié, ni par le compositeur, ni par ses disciples, ni par les interprètes.

Arthur Nikisch, directeur musical de la philharmonie de Berlin, en assura l'exécution le 30 décembre 1884 à Leibsig au cours d'un concert au bénéfice du Mémorial Wagner.

Il est à noter que Nikisch fut un des élèves les plus fidèles du compositeur.

Le succès de la symphonie dépassa toutes les espérances, et marqua le point de départ de la renommée internationale de l'auteur.

Le critique Hanslick qualifia l'œuvre « d'interminable ». Cela n'empêcha pas la septième de poursuivre sa carrière triomphale et d'être aujourd'hui encore, l'œuvre la plus jouée dans le monde. Heureusement d'autres critiques musicaux comme Théodor Helm écrit dans une revue datée du 25 mars 1886 : « voilà un musicien qui écrit sous l'impulsion de la plus profonde sincérité et la conçoit sur une vaste échelle ».

Le premier mouvement est un allegro moderato, avec une structure à la fois simple et homogène ; elle retrouve la parfaite continuité du discours du début à la fin.

Le thème initial se déroule sur vingt-trois mesures en deux grandes phrases : les bois énoncent la belle mélodie ondulante et les cordes reprennent l'énoncé aux cuivres vers un premier sommet de puissance. L'orchestre reprend le thème avec force et le motif s'élève vers un deuxième sommet de puissance. Les cuivres laissent la place aux bois dans un apaisement complet.

Le développement est travaillé sur le thème principal dans un long épisode vers le retour du motif dans sa présentation initiale.

Après un rappel du thème, la coda débute sur une pédale de basses pour arriver à un crescendo de plus de trente mesures. La péroraison porte le motif de tête vers une plénitude sonore des cuivres accompagnés par les timbales.

L'adagio, lent et solennel, s'inscrit dans la progression constante des adagios qui reste le plus beau titre de gloire de notre musicien.

Son plan se retrouvera dans les huitième et neuvième symphonies avec sa forme de rondo.

Le mouvement est fondé sur deux larges phrases mélodiques qui débutent dans la déploration pour évoluer vers la consolation et l'apaisement.

Le premier motif est énoncé par les cordes et traduit la douleur ; le reflux rend la parole aux tubas pour faire la place à une admirable mélodie longuement développée par les violons avec une résignation de l'avenir.

Le second motif est une cantilène aux cordes où l'espérance montre une vie heureuse.

Après la reprise du groupe mélodique, nous arrivons à l'impressionnante graduation de l'idée principale où le musicien introduit un quatuor de tubas : la perte d'un ami vénéré s'y exprime en des accents dont le seul mystique Bruckner a le secret. Tout l'orchestre proclame le motif dans une péroraison en forme de choral et un climat de recueillement exceptionnel. C'est l'ode funèbre, sommet dramatique de la partition, où le musicien dit au monde son affliction à la mort de Richard Wagner.

La conclusion est parachevée par l'apaisement avec la sereine modulation des dernières mesures sur le motif principal.

Le scherzo combine l'aspect épique et rustique. L'idée maîtresse sur un rythme obstiné des cordes est confiée à la trompette seule ; les clarinettes et les violons s'y ajoutent pour évoluer vers un premier tutti. Un interlude amène la réexposition du motif vers un deuxième tutti.

Le trio en fa majeur, assez lent, contraste avec la dynamique du scherzo. Sa mélodie à l'allure de chant pastoral est donnée par les cordes sur de longues tenues de basses.

Reprise du scherzo et fin du mouvement.

Le final, animé, conclut la symphonie de manière optimiste. C'est le plus court écrit par Bruckner.

Les violons projettent le thème de base. Le second groupe se compose d'un choral aux violons et violoncelles. Le thème initial est repris en large unisson à deux par les cuivres.

La réexposition reprend le choral aux violons puis aux cors et trompettes.

La coda, d'une dimension imposante, se déroule en trois vagues : la première aux violons, la seconde aux violons et cor, la troisième aux cordes et cuivres. L'ensemble dans une péroraison qui s'élève vers le retour triomphal du motif de l'allegro.

Cellibidache en concert avec la radio de Stuttgart offre une version profonde et humaine. Jochum en studio avec son orchestre de la radio bavaroise en 1956 nous donne une vision de haut vol. Une autre interprétation, tout aussi exceptionnelle, est celle d'Herbert Blomstett avec le Gewandhaus de Leibsig enregistrée en concert le 8 mars 2006.

Huitième symphonie

La huitième symphonie, en do mineur, considérée comme le couronnement de la musique symphonique de l'époque.

La plus vaste symphonie brucknérienne occupa son auteur durant près de six années.

Il entreprit la première rédaction en 1884 et mit un point final en 1890.

L'œuvre ne devait pas connaître une destinée aussi heureuse que la précédente.

Représentant pour ses admirateurs le point culminant de son génie, elle ne fut pas acceptée par la critique.

À l'automne 1887, il adressa le manuscrit à Hermann Levy avec cette mention « puisse-t-elle trouver grâce ». Son attente allait être déçue : Levy la trouva impénétrable.

Ne pouvant se résoudre à le dire à Bruckner, il chargea Joseph Schalk, son élève, de transmettre son refus.

Le compositeur, âgé et malade, fut désabusé par la réaction de cet homme qui avait joué son œuvre précédente de manière magistrale.

Mais le musicien trouva néanmoins le courage d'entreprendre une révision complète. Cela lui prit encore trois années, et fut fatal à l'achèvement de la neuvième.

Les critiques portées par Levi ont été, dans un sens, bénéfiques, car elles nous valent de posséder deux versions différentes et écrites l'une après l'autre. Ces différences se caractérisent de la manière suivante : d'abord, la deuxième partie de la coda de l'allegro est supprimée. Le motif du scherzo n'est plus le même ; le développement de l'adagio est abrégé dans son tutti.

Malheureusement, par la suite, Bruckner dut accepter les suggestions de ses amis et élèves comme les frères Schalk et pratiqua des coupures maladroites.

Robert Haas, cet éminent musicologue, lorsqu'il prépara la première édition critique en 1938 au prix d'un minutieux travail de confrontation, aboutit à un texte essentiellement fondé sur la seconde version dont il restitue des passages importants de la version initiale. Autrement dit, Haas réussit à repenser la partition dans son déroulement temporel, harmonique et dynamique et de le restituer dans l'esprit du compositeur. Ce texte demeure donc la forme idéale pour tout interprète soucieux du respect de la lettre et de la pensée.

Cependant, le musicologue Léopold Novak a édité, en 1955, le manuscrit remanié. Il s'en explique en disant que cette version avec les coupures est paraphée par le musicien, donc valable, même si ce texte nuit à l'équilibre de l'œuvre.

Mais le même Novak retrouvera le manuscrit original : le premier jet jamais diffusé par Bruckner, et publia la version primitive à Vienne en 1973. Le texte authentique et complet fut mis à la connaissance du public et enregistré en première mondiale en 1983 par Elhiau Inbal.

L'œuvre fut dédiée à l'empereur François-Joseph, qui l'avait subventionnée avec ses fonds personnels.

L'œuvre fut créée le 18 décembre 1892 à Vienne sous la direction de Hans Richter. Une date mémorable car, lorsque Richter leva sa baguette, chacun s'attendait à un événement exceptionnel.

Ce fut, devait écrire Hugo Wolf : « un triomphe qu'aucun général romain n'osa rêver ». Dans cette salle du Musikverein Anton Bruckner venait d'obtenir, après tant d'années d'humiliations, une éclatante revanche.

Cette œuvre est à l'image de l'époque : elle personnifie la monarchie des Habsbourg. Elle contient dans l'allegro la puissance, dans l'adagio le recueillement, dans le final la victoire avec l'allusion symbolique à l'alliance des trois empires en 1879. Bref, dans sa signification, elle apparaît comme l'âme du public de cette fin de siècle.

C'est la dernière grande symphonie qui se termine triomphalement en préservant l'aspect classique et la forme tonale. Avec le contenu expressionniste de cette œuvre, Bruckner avait mené la tonalité aux limites de leurs possibilités.

La version étudiée ici est celle de Robert Haas de 1890.

L'allegro moderato débute par une entrée du thème aux violons soutenus par les cors. Un fortissimo véhément reprend le thème suivi d'un deuxième tutti. Le motif suivant est l'habituel groupe lyrique et expressif, confié aux cordes puis aux vents.

L'exposition s'achève par une figure rythmique dissonante rappelant Schoenberg.

Une polyphonie modulante ouvre le développement pour aboutir à un crescendo à l'issue duquel le motif principal est clamé à trois reprises. Retour du groupe de chant et reprise du motif rythmique.

La coda se décompose en trois volets : un crescendo amène un fortissimo dominé par les cuivres et les timbales. Un pianissimo conclut l'idée initiale énoncée les violons.

Le scherzo est basé sur un motif rythmique. Il débute aux violoncelles, puis aux violons et gagne en intensité pour finir aux bois et aux cuivres soutenu par les timbales.

Le trio est un moment de félicité par un alliage de timbres, les cors répondent en écho aux cordes ; puis les harpes font leurs entrées pour soutenir la mélodie en un dialogue intime.

Avec les derniers mouvements, nous sommes en présence de créations inédites et qui demeurent des réussites majeures dans leurs genres respectifs.

Dans l'adagio, les divines longueurs schubertiennes s'apparentent à un grand lied sonate.

Le thème initial s'expose longuement en une nostalgique imploration confiée aux violons. Il fait place à une large mélodie des cordes graves en une graduation céleste qui culmine avec l'entrée des harpes. Après une seconde présentation, la parole est donnée aux tubas pour la dernière idée, empreinte de noblesse et de sérénité.

Le développement reprend chaque motif pour faire ressortir la richesse de l'écriture. Le premier se déploie dans une large progression jusqu'à un sommet porté par les pupitres des vents et des cordes. Le violoncelle amène la transition : il se divise en deux montées chromatiques pour énoncer le thème principal. La musique s'élève par paliers et aboutit à un grand tutti. Un deuxième tutti reprend l'énoncé du thème dans un fortissimo de tout l'orchestre.

Le retour au calme est assuré par le motif du début accompagné par la phrase des harpes, c'est un long dialogue entre les premiers violons et les cors. Une sereine méditation où l'âme goûte la plénitude de la paix. Cette dernière vision prend fin sur une paisible gamme descendante des violons.

Le final, quant à lui, est un combat ayant pour but de montrer à l'homme le sens profond de la vie.

Le thème se jette vaillamment dans la lumière au son des fanfares sur un rythme de chevauchée épique. Accompagnés par les cordes, les cuivres superposent le grandiose thème principal, constitué de trois périodes reliées par les fanfares et ponctué par les timbales. Cette entrée passe pour avoir été inspirée au compositeur par une rencontre entre les trois empereurs d'Autriche, d'Allemagne et de Russie.

Amené par une pause générale, le second thème, plus réfléchi, se présente comme une sorte de bénédiction religieuse où la foi discipline l'action.

Le groupe conclusif présente une large mélodie déployée par les cors et interrompue par une intervention saisissante du squelette rythmique du mouvement exécuté par les cuivres et martelé par les timbales. Les flûtes font entendre pianissimo le thème de la chevauchée.

Avec la réexposition nous avons le retour du thème à deux reprises, aux cordes d'abord puis aux cuivres. C'est le début d'un riche travail fugué sur le motif initial. La tension s'accroît progressivement et amène la reprise, véritable clé de l'œuvre. Elle se poursuit sur plus de cent mesures et culmine en trois grands tutti d'une grande puissance.

Suivent le thème lyrique et un rappel du premier mouvement, avant la coda finale.

Couronnement de l'édifice, la coda s'énonce doucement au son du cor, puis la musique s'élève en un immense crescendo, pour arriver au retour du motif joué par les cors. Une fanfare de trompettes, soutenue par les timbales, nous projette vers la prodigieuse synthèse polyphonique des thèmes de l'œuvre : les violoncelles et les trombones s'en tiennent à l'allegro, les flûtes et les clarinettes à l'adagio, et le motif du final aux trompettes et tubas, jusqu'à ce que tout l'orchestre s'unisse sur les trois derniers accords. Dans cette œuvre, une telle superposition des motifs est remarquable et seul le compositeur aurait pu réaliser pareille audace dans sa dernière œuvre.

D'une subjectivité plus profonde, Bruckner a montré la ferveur sincère de sa vie spirituelle par cette symphonie.

La huitième est, selon le propos d'Harry Halbreich : « la symphonie des symphonies ».

Des chefs d'orchestre, de toutes sensibilités, se sont attelés à cette pièce ; peu ont su retranscrire l'idée spirituelle et la force humaine.

Carlo Maria Guilini, en studio et en concert, en a donné une excellente interprétation, même s'il adopte l'édition Novak.

D'autres interprètes ont su valoriser cette symphonie en mettant l'accent sur le contenu émotionnel ; il en résulte des prestations inoubliables. Celles en premier plan de l'enregistrement en studio de 1949 avec la philharmonie de Hambourg et le concert donné en 1982 à l'abbaye de Saint-Florian, par Eugène Jochum. Cet enregistrement de 1949 est la plus grande interprétation de tous les temps.

On mettra aussi à égalité la version en public de Günther Wand avec l'orchestre philharmonique de Berlin en 1996, où l'aspect grandiose et religieux fait merveille.

Furtwängler a été un grand interprète de cette œuvre, mais le final, malgré son caractère épique, n'implique pas ce côté profondément humain, et surtout la coda prise dans un tempo d'enfer enlève toute passion.

Mais il ne faut nullement négliger la version primitive ; celle-ci demeure un document d'une inestimable valeur ; il montre les audaces harmoniques du compositeur.

Kurt Eichoorn, avec l'orchestre Bruckner de Linz, en donne une grande interprétation.

Neuvième symphonie

Lorsqu'il jeta les bases de sa neuvième symphonie, après l'achèvement de la première version de la huitième, Bruckner avait conscience que ce serait son œuvre ultime. Du moins, ne craignait-il pas de ne pouvoir la mener à bien. La destinée devait en décider autrement. Le rejet de la huitième et l'obligation où se trouva Anton Bruckner de la remettre en chantier fut fatal à la neuvième. Il fit une révision de ses œuvres antérieures, les deuxième, troisième symphonies, et de deux de ses messes. Cela l'occupa pendant trois années. Ses forces déclinantes et ses trente-deux heures de cours par semaine à l'université ralentirent davantage son travail de composition.

Ce n'est qu'au début 1891, qu'il put reprendre les esquisses vieilles de quatre années.

Il termina le premier mouvement en partition d'orchestre le 14 octobre 1894.

Le scherzo lui demanda tout l'hiver suivant. L'année 1894 fut celle de l'adagio, terminée le 27 octobre et, avec lui, la symphonie telle qu'on l'entend aujourd'hui.

Cette même année, il put assister au triomphe de sa huitième symphonie.

Il écrit également le psaume 150 et le grand chœur d'hommes « Helgoland », dernières partitions achevées.

En novembre 1894, il doit abandonner son enseignement à l'université, après s'être retiré du conservatoire deux ans plus tôt.

Le 4 juillet 1895, c'est un vieil homme valétudinaire qui s'installe au pavillon de garde du Belvédère mis à la disposition du musicien par l'empereur.

Il est en proie à des crises d'hydropisie qui le fatiguent beaucoup chaque jour.

Mais il peut enfin consacrer tout son temps à la composition et, en 1896, s'efforce patiemment et obstinément d'édifier son final, auquel il travaillera encore le matin même de sa mort le 11 octobre 1896.

La destinée posthume de la neuvième symphonie devait être à l'image des déboires qu'il avait connus tout au long de sa vie.

Les mouvements achevés, jugés trop aventureux pour être livrés au public dans leur état original, furent confiés à Ferdinand Löwe qui crut devoir retoucher toute l'instrumentation et supprimer nombre d'audaces harmoniques. Il en donna la première mondiale le 11 février 1903 à Vienne.

Le manuscrit de Bruckner était préservé pour les « temps futurs » selon l'expression du compositeur.

Il appartint à Alfred Orel de le remettre au jour et d'en préparer la première édition, imprimée en 1934 par les soins de la société Bruckner-Gesellchaft récemment créée.

Il restait à ressusciter les esquisses du final. Plusieurs étapes ont été accomplies.

En 1934, l'édition critique d'Orel livra à la curiosité des spécialistes une reconstitution aussi fidèle que possible du travail de Bruckner, permettant d'en suivre le processus dans le moindre détail.

Une synthèse des différents brouillons, établie sur quatre portées, figure à la fin du volume. Elle comprend plus de quatre cents mesures ; ce qui amène le morceau au seuil de sa péroraison. Cependant, il subsiste des lacunes : des mesures manquantes pour faire la jonction des motifs. Quant à l'instrumentation, Bruckner l'avait laissée fragmentaire à partir de la réexposition. Néanmoins, les pages existantes pouvaient servir de modèles.

Le premier, Fritz Oeser proposa une réalisation orchestrale exécutable portant environ sur la moitié du texte écrit ; ce qui couvre l'exposition avec ses trois groupes de thèmes et aboutit à l'accalmie habituelle. Ce fragment a été joué à Leibsig en 1940.

La conclusion est et reste inconnue à ce jour. La sera-t-elle toujours ?

Les recherches approfondies effectuées par Paul Langevin démontrent que le compositeur aura pu établir un schéma complet en partition réduite à quatre portées.

À l'heure actuelle, les derniers feuillets pourraient se trouver dans des collections privées. Ils seront peut-être découverts un jour et publiés, si les propriétaires de ces pages en connaissaient l'importance et voulaient les mettre à la connaissance du public.

Mais ce qui occupa Anton Bruckner jusqu'au seuil de sa mort ce fut non pas l'écriture elle-même, mais l'instrumentation. À la mort de son auteur, un livre de cent mesures était en possession d'un de ses élèves, Joseph Schalk. Le monde musical en a eu connaissance à la mort de dernier, en 1931. Ces pages, à la mort de Schalk, ont été versées à la bibliothèque de musique de Vienne ; suite au bombardement de cette ville, il se peut que le manuscrit ait été détruit.

Il est aussi possible que d'autres familiers du Maître aient pris des feuillets sur sa table de travail en lui rendant un dernier hommage.

En tout état de cause, le principal objet de discussion consiste à se demander sous quelle forme l'état actuel de ses esquisses peut être connu.

Ensuite, l'impossibilité où l'on se trouve de connaître la forme définitive que Bruckner aurait donnée à son final.

D'une part, le temps fut largement donné à Bruckner de réaliser une esquisse complète. D'autre part, le feuillet considéré comme le dernier – celui portant le retour du choral de la réexposition – est d'une écriture ferme, exempte des tremblements qui affecteront son écriture les derniers mois. Il remonte donc au moins à la fin1895. Il est certain que ce feuillet n'est pas la dernière musique composée par le musicien.

Le premier mouvement débute sur le murmure des cordes graves. Les huit cors à l'unisson présentent un premier élément ; il se développe en une vaste ligne mélodique.

Un second ensemble alimente l'un des plus vastes crescendo jamais écrits. Au sommet de ce tremplin surgit dans un fortissimo soutenu par les timbales le puissant thème générique. Une accalmie ménage la transition vers le groupe lyrique, où la phrase chantante déclame une certaine nostalgie. La conclusion est d'abord exposée aux bois puis aux cors, avant de s'affirmer par les cuivres.

Une pause générale prépare la rentrée du crescendo introductif au sommet duquel éclate à nouveau le motif initial. L'immense tutti déchaîne toutes les forces de ce thème monumental. Un instant tenu en haleine, le motif reprend sur le plus grand intervalle chromatique. À un pianissimo des cordes fait suite le groupe de chant. Succède le motif primaire en un fortissimo puis, comme du fond d'un abîme, six cors à découvert apportent un apaisement.

Sur un silence presque total débute la coda qui va élever à son paroxysme la perpétuelle quête d'éternité du « Ménestrel de Dieu ». Les violons reprennent la cellule primitive en douceur, puis par les clarinettes. Le crescendo s'amplifie et le choral passe aux cuivres. Après deux larges unissons, c'est la péroraison où participent toutes les forces coalisées de l'orchestre. La superposition de deux tonalités à un demi-ton d'intervalle remplit l'espace de leur terrible dissonance, pour se résoudre sur de puissantes quintes à vide et affirmer le ton de ré mineur.

La véhémence du scherzo forme un contraste avec la gravité des parties extrêmes.

Aucune détente, mais un gouffre où la terreur du néant s'exprime avec une acuité évidente. Les violons lancent une interrogation furtive en dessin de pizzicati. Brutalement les timbales et basses grondantes scandent l'obsédant rythme ternaire dans un climat de furie primitive.

Le trio énigmatique apporte un apaisement relatif. Reprise du scherzo et fin du mouvement dans un climat d'épouvante.

Une paix surnaturelle semble revenue dès le début de l'adagio.

Les cinq premières notes forment un motif quasi atonal qui va dominer le mouvement entier. L'orchestre s'unit pour énoncer le second élément fortissimo aux trompettes et trombones ; cet épisode a été qualifié par le compositeur comme un adieu à la vie.

Le second groupe, d'un lyrisme empreint d'une certaine nostalgie, fait l'objet de plusieurs présentations successives et se déploie majestueusement aux violons sur près de cent mesures. Le motif initial va être exploité de manière directe et renversé ; ce travail aboutit à un choral aux cordes, où Bruckner semble regarder sa vie de créateur.

La mélodie fait place à un immense crescendo. Celui-ci s'énonce aux violoncelles, s'accélère et passe aux tubas et trombones, puis s'élève aux cuivres dans un tutti dont la structure harmonique superpose tous les degrés de la gamme d'ut dièse mineur. Contrairement aux précédents adagio, il n'y a pas de decrescendo : c'est le silence. Un dernier rappel de « l'adieu à la vie » amène une paisible phrase descendante des violons, repris par la flûte, cet instrument des anciens.

Pendant que la phrase des violons s'espace puis s'éteint, le retour du thème aux quatre cors à l'unisson monte vers la sereine résolution dans un pianissimo sublime.

Ainsi s'achève cette cathédrale qui chante, en ré mineur, ce ton de l'éternité.

L'adagio semble clore non seulement une vie de musicien, mais aussi un siècle des plus grandioses chapitres de l'histoire musicale.

C'est le sentiment de ceux qui voient dans l'inachèvement du final un sens symbolique. Un tel point de vue est, aujourd'hui, dépourvu de fondement objectif.

Rien ne permet plus d'ignorer le résultat du terrible combat mené jusqu'à son dernier souffle par le vieux Maître pour donner à son œuvre ultime un couronnement digne d'elle.

Voyons les ébauches du final.

De la reconstitution d'Alfred Orel, la plupart des séquences de ce final ont connu jusqu'à six rédactions successives. Orel, en regroupant les feuillets dans l'ordre le plus vraisemblable, établit une synthèse en choisissant pour chacun d'eux la rédaction la plus élaborée. Cette lecture comportement un total de 436 mesures, dont plus de la moitié partiellement orchestrée.

Le morceau débute par un long crescendo sur l'habituel trémolo des basses, puis le thème se resserre pour faire apparaître la figuration du thème principal.

L'idée maîtresse est énoncée sur quatre unissons par tout l'orchestre. Sur une variante du même thème intervient le groupe de chant. Le troisième motif est constitué d'un vaste et éclatant choral, orchestré dans tout le chœur des cuivres et soutenu par une figure ondulante des cordes. Ce motif demeure l'une des pages les plus grandioses et les plus émouvantes de Bruckner. L'exposition se termine par un dessin rythmique du choral.

Ces éléments persistent au début du développement et aboutissent à une fanfare de trompettes qui prépare l'entrée de la fugue. Le sujet de cette fugue prend pour tête le thème principal. La longue tenue des intervalles facilite l'insertion du discours contrapuntique et laisse d'intéressantes combinaisons harmoniques. Le motif principal est porté par le chœur des cuivres avant de l'élargir à la ronde. Une pause marque la fin de cette arche centrale et amène le groupe de chant.

Quant à la reprise du groupe conclusif, elle est présentée ici par la trompette seule.

À la reprise du choral par le hautbois, s'interrompt la musique de Bruckner.

C'est le dernier feuillet existant ; celui de la reprise du thème choral.

Commentaires

Ici, l'analyse objective et subjective nous amène à ceci : aucun adagio brucknérien ne possède une pareille force conclusive, au point que l'œuvre, entendue avec ses trois mouvements terminés, ne laisse aucune impression d'inachèvement.

La fin de l'adagio, c'est le repos, l'état de béatitude.

Le final débute par une énigme indéchiffrable, par la négation : au terme de sa vie, sa vie spirituelle est remise en question par son auteur.

En ce qui me concerne, j'ai acquis la certitude, après avoir étudié les écrits et reçu les témoignages de personnes dignes de confiance, que la symphonie doit être entendue avec son final. Anton Bruckner l'a voulu ainsi et il ne faut pas l'oublier.

Dans les rares cas où cette neuvième a été jouée avec ses quatre mouvements (concerts privés), les participants ont été unanimes à reconnaître que la symphonie n'atteint sa signification réelle qu'avec son final, même non conclu.

Mais muni de sa coda, le final écrit par plusieurs musicologues, donne un aboutissement et permet de voir à quel point le compositeur voulait donner à cette œuvre une force puissante et humaine.

Analyse

Nous avons vu que chaque morceau passait par des états successifs où se dégageaient les traits caractéristiques dans les paramètres musicaux et les pupitres instrumentaux.

Or tout nous permet de croire que les éléments du final que nous possédons représentent un premier jet ; le manque de profil thématique est évident. Seul le début du morceau, qui couvre l'exposition, semble avoir atteint une formule définitive.

Le compositeur parvint néanmoins à mettre au net, bien que fragmentairement, près de quatre cents mesures. Cet état de fait marque bien son attention d'écrire un final pour terminer sa symphonie comme les précédentes, avec une coda conclusive. Malheureusement, aucun feuillet de la fin du mouvement, c'est-à-dire après la réexposition, n'a été trouvé, et la musique s'arrête au seuil de sa péroraison.

Cause de l'inachèvement

Le véritable problème de l'inachèvement n'est pas du fait de l'âge : le musicien avait encore deux années devant lui. En effet, il avait achevé l'adagio le 30 octobre 1894, et est décédé le 11 octobre 1896. Ce sont des difficultés d'ordre tonal et harmonique. Bruckner paraissait ne plus y faire face dans la suite de sa musique. Malade, il écrivait avec de plus en plus de difficultés.

Un autre élément évident est le fait que les derniers feuillets connus sont encore d'une écriture ferme ; les tremblements dont le compositeur était affecté ne sont visibles qu'à partir de mars 1896.

Par déduction logique, on peut dire avec certitude que ces manuscrits ne sont pas les derniers.

Faut-il achever la neuvième ?

Les arguments en présence penchent en faveur du maintien du texte brucknérien sous sa forme incomplète.

Une note extraite des agendas de Bruckner nous apprend qu'à la date du 24 mai 1895, le compositeur avait réalisé une esquisse complète pour le final : il aurait établi tous les thèmes en vue de les combiner dans sa coda.

Et il n'est pas exclu d'imaginer qu'Anton Bruckner aurait conclu son final en reprenant, comme pour sa cinquième, la fugue du final.

L'examen des feuillets révèle de nombreuses lacunes dans l'orchestration, de plus en plus fréquentes au fur et à mesure que l'on approche de la conclusion.

Dans certains cas, la partition comporte des annotations de la main de Bruckner. On peut se rendre compte de ses intentions pour l'instrumentation. Pour les passages laissés incomplets, il comptait certainement y revenir. Malgré tout, la ligne mélodique est toujours présente.

Malheureusement, il n'y a aucune indication pour la coda.

Comment écrire une coda brucknérienne ? La conception exige une parfaite familiarité avec les textes du Maître de Saint-Florian.

En prenant comme exemple la cinquième, on pressent clairement le développement du thème principal sur une trame de cordes de plus en plus serrée avec adjonction progressive de tous les cuivres, jusqu'au retour du thème cyclique. Un reflux amène la péroraison où le choral jouerait un rôle majeur. Le retour du motif initial termine le mouvement.

Achever la neuvième symphonie dans cet esprit n'aurait rien d'inconvenant.

Que sont devenues les œuvres inachevées de Mozart, Malher, Puccini ?

Y voit-on une différence dans la lettre et dans l'esprit ? Des musicologues ont terminé ces partitions et elles ont été jouées sans la moindre critique défavorable du public.

Des orchestrations complètes ont été réalisées à ce jour. Même si un aspect de détail peut prêter à controverse, elles ont été conduites avec un grand souci de fidélité.

Ce travail de confrontation a été effectué dans deux esprits différents :

William Carragan aux États-Unis et Edward Neill en Italie. Il s'agit dans ces deux cas d'une réalisation du texte brucknérien simplifié.

En revanche, deux orchestrations complètes ont été faites à ce jour : Ernst Märzendorfer en Autriche et Georg Tinter en Allemagne.

Ces travaux permettent d'exécuter le final d'un seul tenant avec l'exposition, son vaste développement avec une fugue centrale, la reprise, et une coda.

Les chefs Eliahu Inbal en 1982 et Georg Tinter en 1998 ont donné des interprétations remarquables de la symphonie en quatre mouvements.

Interpréter Bruckner

Les caractéristiques et le rôle du chef sont essentiels.

Avant toute considération, le chef d'orchestre doit se poser la question suivante :

« Ai-je une connaissance suffisante de l'esprit brucknérien et la volonté de faire passer le message musical aux auditeurs » ? Si l'interprétation doit se limiter à une démonstration d'orchestre, comme c'est souvent le cas, l'auditeur n'aura pas pénétré l'univers du compositeur.

Des chefs ont fait preuve de conviction, voire de génie. Les meilleurs exemples sont Eugen Jochum, Gunther Wand, Carlo Maria Guilini, Cergui Cellibidache.

Les répétitions impliquent l'assiduité et la technicité de la part du chef.

Il est souhaitable pour le chef, d'avoir une foi indéniable en la vie et de connaître la spiritualité de Bruckner.

Une difficulté majeure dans le cas de Bruckner, les longues tenues des cordes en trémolo, les bois passent du temps à compter les mesures de pause, et les cuivres sont épuisés à la fin des codas.

Viennent les complexités rythmiques dans chacun des mouvements. Il faut veiller à une lisibilité sonore parfaite et ne jamais sacrifier l'exactitude du tempo.

Un autre aspect de l'écriture : la dynamique. Le musicien bâtit ses œuvres par blocs sonores, et ses brusques changements de volume doivent être préparés.

Le problème des pauses ; elles assurent la continuité du discours orchestral. En utilisant la forme sonate, les pauses ont un élément clarificateur.

Le principal écueil pour le chef est le respect du tempo ; il doit être maintenu constamment. Le choix du tempo présente deux particularités : l'une technique pour une définition claire, l'autre touche au domaine de l'émotion. Les tempos sont fondamentalement lents, surtout dans les adagios. Il n'est pas exagéré de dire : si l'on peut jouer ses symphonies trop vite, il est impossible de les jouer trop lentement.

Les erreurs fondamentales sont commises dans les changements de tempo dans un même mouvement. Il est vrai que le musicien mettait peu d'indications métronomiques, mais des mentions du genre « lentement pas trop vite » ; cela laisse une certaine marge au chef d'orchestre qui peut l'entraîner dans l'excès.

Conclusion

Si l'on veut comprendre les symphonies d'Anton Bruckner, la condition première pour l'interprète est la patience.

Une symphonie prise à une allure lente et régulière paraîtra moins longue que la même œuvre exécutée rapidement.

L'héritage de Bruckner

L'héritage du compositeur autrichien fut déterminant : l'école de Vienne pourrait en témoigner.

L'influence de Bruckner est indéniable : Berg dans Wozzeck, Schöenberg dans la Nuit transfigurée. Avec Webern la ressemblance est fascinante entre l'immense extension du temps chez Bruckner et l'aphorisme ibérien, car, chez l'un comme chez l'autre, la symétrie des structures et la simplicité des formes deviennent de plus en plus audibles.

La dynamique brucknérienne se projette directement dans le vingtième siècle, et les liens qui unissent Bruckner à beaucoup de musiques de notre siècle sont étonnamment significatifs.

Les plus grands exemples sont : l'école de Vienne avec Webern, l'école russe avec Chostakovitch, Messian en France, Varèse aux États-Unis.

Anton Bruckner et la France

Le seul voyage de Bruckner en France fut pour représenter son pays. Il fut convié pour l'inauguration des orgues de l'église Saint-Epure de Nancy le 11 avril1969. Ce rôle particulier, dévolu à l'organiste de la Cour de Vienne, était justifié par la présence dans le sanctuaire de cette église des dépouilles des Ducs de Lorraine, anciens empereurs d'Autriche.

Bruckner fut salué comme l'égal des célébrités de son époque.

Il a été invité à Paris où il impressionna les personnalités musicales par la qualité de sa prestation et reçut l'éloge de la critique parisienne.

Création française d'une œuvre de Bruckner

La seule œuvre créée en France du vivant du compositeur fut la troisième symphonie par les concerts Lamoureux le 11 mars 1894, dans la version abrégée.

Compréhension et triomphe :

Le public français n'était pas prêt à accepter cette musique, de prime à bord austère et lente.

Il fallut attendre la fin des années 1950 pour voir apparaître des œuvres du Maître de Saint-Florian ; musique religieuse puis musique symphonique.

À partir de cette décennie, Strasbourg fut la première ville française à donner une intégrale des symphonies en la personne du chef Fritz Münch.

Avènement au disque :

L'arrivée du disque 33 tours dès la fin des années 1940 permit à de grands interprètes comme Furtwängler, Van Beinum, Jochum, d'enregistrer des œuvres de Bruckner et, de ce fait, de faire connaître le compositeur en France.

Les années 1960 virent enfin sa consécration avec un grand nombre de créations françaises :

- 1961 : la septième par Eugen Jochum ;
- 1963 : la neuvième par Lovro von Matacic ;
-1964 : la troisième dans la version Haas par Matacic ;
- 1965 : la huitième dans la version Haas par Herbert von Karajan ;
- 1969 : la cinquième par Jochum.

La critique, désarmée par l'accueil triomphal du public français, avait enfin compris l'importance morale de cette musique.

Deux réactions sont à prendre en considération. Tout d'abord, après l'exécution de la neuvième par Matacic, Pierre Vidal écrivit dans le journal musical : « louons le chef de nous avoir fait comprendre ces symphonies ». Un article de Pierre Julien dans l'Aurore « Jochum impose une cinquième aux Parisiens ; gage au chef de voir accueillir cette œuvre à Paris avec un tel triomphe ».

Enfin, un autre commentaire de Jacques Talbet dans le Figaro : « Je reconnais à Jochum cette autorité stupéfiante, car pour tenir en haleine le public pendant plus d'une heure il faut avoir un amour passionné et une conviction exceptionnelle. »

Conclusion

L'essence du message d'Anton Bruckner doit porter la sérénité et une certaine humilité.

Pour apprécier Bruckner, il faut émerger dans l'univers du musicien, c'est-à-dire oublier le temps et se laisser aller au gré des notes.

Les symphonies d'Anton Bruckner constituent une expérience musicale inoubliable.

Ce sont d'immenses cathédrales sonores ; en y entrant, on éprouve un immense bien-être.

Goethe a écrit un poème qui pourrait parfaitement convenir à cet univers : « La musique est comme les vitraux d'une église : de la place on regarde dans l'église et tout semble sombre et triste ; mais entrez et regardez : avec cette lumière colorée les peintures resplendissent, alors la clarté prend tout son sens. »

Discographie comparée

Chaque interprétation comporte des astérisques :

- Le nombre d'astérisques correspond à la qualité de l'interprétation.

- Une interprétation considérée comme exceptionnelle est gratifiée de la mention référence.

Dans le choix détaillé, nous trouvons des enregistrements de studio et des concerts.

Certains de ces disques existent en vinyle, mais aussi en disque compact.

Parmi les concerts publics, plusieurs d'entre eux ne sont écoutables que par l'intermédiaire de You Tube, et donc filmés.

Symphonie en fa mineur

Bernard Haitink : orchestre du Concertgebouw d'Amsterdam – 1968 studio

Symphonie en ré mineur

Bernard Haitink : orchestre du Concertgebouw d'Amsterdam – 1968 studio

Symphonie N° 1

Stanislaw Skrowaczewski : orchestre de la radio de Sarrebruck – édition Linz

- 1995 studio < **référence**

Gunther Wand : orchestre de la radio de Cologne - édition Brosche – 1982 studio < **référence**

Vaclav Neumann : orchestre du Gewandhaus de Leipsig – 1968 studio ***

Bernard HAITINK : orchestre du Concertgebouw d'Amsterdam - édition Haas - 1972 studio ***

Symphonie N° 2

Bernard Haitink : orchestre du Concertgebouw d'Amsterdam – version Haas

- 1968 studio < **référence**

Gunther WAND : orchestre de la radio de Cologne - édition Haas

- 1981 studio ***

Ricardo Chailly : orchestre du Gewandhaus de Leipzig – version Haas

- 2007 studio ***

Carlo Maria Guilini : orchestre symphonique de Vienne – version Novak

- 1974 studio *

Symphonie N° 3

Raphaël Kubelik : orchestre symphonique de la radio bavaroise – version Haas

- 1972 studio < **référence**

Lovro von Matacic : orchestre philharmonia de Londres – édition Oëser

- 1983 concert <**référence**

Hans Knappersbusch : orchestre philharmonique de Munich – version Novak

- 1964 concert < **référence**

Karl Bohem : orchestre philharmonique de Vienne – version Novak

- 1970 studio ***

Gunther Wand : orchestre de la radio de Hambourg – édition Novak

- 1992 concert ***

Georg Tintner : orchestre national d'Irlande – version primitive

- 1996 studio ***

Herbert Blomstett : orchestre du Gewandhaus de Leibsig – version primitive

- 2006 concert **

Symphonie N° 4

Kurt Wöss : orchestre philarmonique de Munich – version primitive

- 1975 concert < **référence** (1ère mondiale)

Eugen Jochum : orchestre du Concertgebouw d'Amsterdam – édition Novak

- 1975 concert < **référence**

Eugen Jochum : orchestre philharmonique de Berlin – édition Novak

- 1965 studio < **référence**

Cergiu Celibidache : orchestre de la radio de Stuttgart – édition Novak

- 1973 concert < **référence**

Sergiu Celibidache : orchestre philharmonique de Munich – édition Novak

- 1983 concert ***

Bernard Haitink : orchestre philharmonique de Berlin – édition Haas

- 1996 studio ***

Claudio Abbado : orchestre philharmonique de Vienne – édition Novak

- 1993 concert **

Symphonie N° 5

Eugen Jochum : orchestre du Concertgebouw d'Amsterdam – version Novak

- 1986 concert < **référence**

Eugen Jochum : orchestre du Concertgebouw d'Amsterdam – version Novak

- 1964 concert < **référence**

Bernard Haitink : orchestre philharmonique de Vienne – édition Haas

- 1998 studio < **référence**

Stanislas Skrowaczewski : orchestre symphonique de la radio de Sarrebrück

- 1993 studio < **référence**

Bernard Haitink : orchestre du Concertgebouw d'Amsterdam – édition Haas

- 2012 concert ***

Herbert Blomstedt : orchestre du Gewandhaus de Leibsig – version Haas

- 2010 concert ***

Gunther Wand : orchestre philharmonique de Berlin - version Haas

- 1996 concert **

Symphonie N° 6

Eugen Jochum : orchestre du Concertgebouw d'Amsterdam – édition Novak

- 1980 concert < **référence**

Gunther Wand : orchestre symphonique de la radio de Hambourg – édition Novak

- 1996 concert ***

Riccardo Chailly : orchestre du Concertgebouw d'Amsterdam – édition Novak

- 1997 studio **

Symphonie N° 7

Eugen Jochum : orchestre du Concertgebouw d'Amsterdam – version Novak

- 1986 concert < **référence**

Eugen Jochum : orchestre symphonique de la radio bavaroise – version Novak

- 1956 studio < **référence**

Sergiu Celibidache : orchestre philharmonique de Munich – édition Novak

- 1989 concert < **référence**

Eugen Jochum : orchestre philharmonique de Berlin – édition Novak

- 1964 studio ***

Karl Boehm : orchestre symphonique de la radio bavaroise – édition Haas

- 1977 concert ***

Herbert Blomstedt : orchestre du Gewandhaus de Leibsig – édition Haas

- 2006 concert ***

Lovro von Matacic : orchestre philharmonique tchèque – version Novak

- 1967 studio **

Symphonie N° 8

Eugen Jochum orchestre philharmonique de Hambourg – version Haas

- 1949 studio < **référence**

Eugen Jochum : orchestre symphonique de Bamberg – version Novak

- 1982 concert < **référence**

Gunther Wand : orchestre symphonique de la radio de Hambourg – version Haas

- 1987 concert < **référence**

Gunther Wand : orchestre philharmonique de Berlin – édition Haas

- 1996 concert ***

Karl Boehm : orchestre philharmonique de Vienne – version Novak

- 1976 studio ***

Bernard Haitink : orchestre symphonique de la radio bavaroise – version Haas

- 1993 concert ***

Sergiu Celibidache : orchestre de la radio de Stuttgart – version Novak

- 1974 concert ***

Carlo Maria Guilini : orchestre philharmonique de Berlin – version Novak

- 1984 concert ***

Georg Tntner : orchestre national d'Irlande – version primitive

- 1996 studio **

Symphonie N° 9 sans final

Eugen Jochum : orchestre de la Staatkapelle de Dresde – édition Novak

- 1978 studio < **référence**

Carlo Maria Guilini : orchestre philharmonique de Vienne – édition Novak

- 1988 studio < **référence**

Sergiu Celibidache : orchestre philharmonique de Munich – édition Novak

- 1981 concert < **référence**

Gunther Wand : orchestre symphonique de la radio de Hambourg – édition Haas

- 2001 concert < **référence**

Claudio Abbado : orchestre du festival de Lucerne – version Haas

- 2013 concert < **référence**

Eugen Jochum : orchestre philharmonique de Berlin-édition Novak

- 1964 studio ***

Gunther Wand : orchestre philharmonique de Berlin – édition Haas

- 1998 concert ***

Bernard Haitink : orchestre du Concertgebouw d'Amsterdam – version Haas

- 2009 concert ***

Wilhelm Furtwaengler : orchestre philharmonique de Berlin – édition Orel

- 1944 studio ***

Symphonie N° 9 avec final

Version Callaghan :

Hubert Soudant : orchestre symphonique d'Utrech

- 1985 studio ***

Version Samale :

Daniel Harding : orchestre symphonique de la radio suédoise

- 2007 concert ***

Remerciements

Je remercie Paul-Gilbert Langevin pour son ouvrage particulièrement détaillé d'Anton Bruckner. Ses analyses sont d'une grande précision et d'une parfaite objectivité.

Je me suis inspiré de ses rubriques pour faire un essai concis, mais sans apporter trop de détails techniques concernant les différentes œuvres.

Le lecteur aura les informations nécessaires pour pouvoir apprécier à leur juste valeur les symphonies sur les plans à la fois structurel et émotionnel.

La tribune de critique des disques a été également, pour moi, d'un apport de connaissances appréciables : les avis des invités, spécialistes dans tous les domaines de la musique, m'ont permis de faire un travail d'analyse pertinent.

J'ai mis à profit aussi mes connaissances personnelles des partitions des symphonies.

Enfin, je n'ai pas oublié les séances de direction d'orchestre avec la formation symphonique de la radio de Hambourg qui m'ont beaucoup aidé à approfondir le caractère de chaque œuvre et d'en définir la personnalité avec les musiciens de l'orchestre. Ces moments mémorables où l'on fait partager sa conception d'une œuvre, je la dois à mon professeur de violon ; ce dernier m'a donné l'opportunité de diriger une formation et je l'en remercie.

Table des matières

Imprimé en Allemagne
Achevé d'imprimer en janvier 2023
Dépôt légal : janvier 2023

Pour

Le Lys Bleu Éditions
40, rue du Louvre
75001 Paris